AF509410

LA REDOUTE

CHINOISE,

POËME ÉPHÉMERE;

PAR M. B***. ADRESSÉ A M. P***.

LA REDOUTE
CHINOISE,
POËME ÉPHÉMERE;

PAR M. B***, ADRESSÉ A M. P***.

QUEL pouvoir en ces lieux furpris
A tout-à-coup planté la Chine ?
Suis-je dans les Jardins d'Alcine,
Ou dans l'Olympe des Houris ?
Jamais le fécond Ariofte
N'imagina rien de plus frais :
Armide n'eut point de Palais
Plus raviffant que ce Kiofte.
Seroit-ce le Temple de Fo ? (1)
Eft-ce à fa Fête qu'on abonde ?
Et notre Europe à fa rotonde

(1) Fê , ou Fo ou Foé , premier des Dieux , &
le Jupiter des Chinois. *Diɛ̆. de Trevoux. Encycl.*

A ij

Doit-elle auffi fon ex-voto ?
Plantes, Chemins, Architecture,
Sculpture ,... ici tout eft Chinois,
Oui, tout ... hors les jolis minois,
Dont Pékin feroit fa parure ;
Dont les Lettrés prendroient des loix ;
& dont les Mandarins, je crois,
Dévotement feroient capture.

Non, non, jamais on n'avoit vu
Plus de contrafte & d'harmonie :
Du terrein quelle économie !
Pour le plaifir rien n'eft perdu.
Point d'enfemble mieux entendu,
Point de détails plus agréables.
Pour trouver ces tableaux charmans,
Il falloit lire les romans,
Ou bien les chercher dans les fables.
L'art ici n'eft point impofteur ;
Cet Elifée au bon Orphée
Eut fait oublier fa douleur.
Qui peut donc en être l'Auteur ?
Ah ! fi ce n'eft point une Fée,
C'eft un Poëte, un Enchanteur.

Dans ce voluptueux afyle
Que d'agrémens font raffemblés !

J'y trouve la Cour & la Ville,
Tous les Ordres y font mêlés :
On y peut voir tous les ufages,
Et les tons les plus différens,
Des délices de tous les âges,
Et des Amours de tous les rangs.
Ici tout charme & tout attache.
Sans fe laiffer appercevoir,
Le myftere aifément s'y cache.
Amants, livrez-vous à l'efpoir :
Ifolés dans la multitude,
On ne furprend point vos regards :
Il faut aux amoureux hafards
Ou la foule, ou la folitude.

Viens, ma Sophie, incognito
Au fond de ces grottes fi belles ;
Les caves du Temple de Fo
Du tendre Amour font les chapelles.
De ces rochers l'antiquité
Ouvre au plaifir mille fontaines ;
Là le criftal, les porcelaines
En redoublent l'activité :
Dans cette Caverne de Gnide
Tout eft miracle & nouveauté ;
La foif ardente d'un Druide,

Cède au torrent jaune & limpide
De l'orge amer & fermenté (1).
Pour cette vive Danaïde,
Dont l'appétit est dérangé,
Le Limon en source est changé (2),
Et l'amande y devient fluide (3).
Tourne les yeux de tout côté ;
Les murs de cet antre sauvage
Quittent pour moi leur gravité
En me retraçant ton image.
Au parfum du divin moka
pour nous succède à plein verre
La liqueur qu'Amour inventa (4),
Celle qu'on doit à sa mere (5)
Et celle qu'Aglaé trouva,
En cherchant un philtre pour plaire,
Qui de mille fleurs distila (6) ;
Celle enfin qui, comme le Tage,
Roule à grands flots & verse l'or (7).

---

(1) La Biere.
(2) La Limonade.
(3) L'Orgeat.
(4) Le Parfait-amour.
(5) L'Huile de Vénus.
(6) L'Eau de mille fleurs.
(7) L'Eau d'or.

Bois, ma Sophie, ah ! bois encor,
Dans ces nectars bois mon hommage.
Chaque coup t'arrache un aveu
Qui met fur toi, fur ton vifage,
Et dans ton cœur un nouveau feu.
L'ardeur qui confume mon âme,
Éclaire ces fombres lambris ;
C'eft elle qui prête fa flâme
A ces glaçons que tu cheris...
Mais pourfuivons notre carriere...

Comme chacun, à fa maniere,
Tend diverfement au bonheur !
Vois là-bas Lyfis & Glicere
Courir chez le Reftaurateur.
En tête-à-tête, l'heureux couple
S'enivre de vin & d'amour.
Tous deux au cœur faux, au ton fouple,
Trompent, font trompés tour-à-tour.
Sur le cœur d'une tourterelle
On fe jure d'être fidele,
Pour oublier le même jour
Et fa conftance, & fon modele.
Après s'être donné fa foi,
Et tout au plus au bout d'une heure,
Chacun remporte en fa demeure
Un cœur qui n'eft vraiment qu'à foi.

Que vois-je ? . . Le respect me lie !
Minerve, ou son vivant portrait,
Vient respirer chez la Folie !
Et l'Amitié sert le banquet.

Dans ce beau Paon, qui dans l'air vole,
Quelle est cette Divinité ?
Est-ce Junon ? . . bon ! . . c'est Nicole :
Grisette au maintien éventé,
Reine de l'air ; . . . sans en médire,
Sans doute sa légéreté
Lui méritoit un tel empire.
Son Amant, le cœur transporté,
L'admire dans la balançoire ;
A son secours. & pour sa gloire
Il contemple la volupté.
Lorsque le sang roule avec force,
L'esprit n'a gueres de repos :
L'Amour veut que l'on soit dispos ;
Le mouvement est son amorce.

Bientôt pour de nouveaux lauriers
Ils vont tous les deux à la bague :
Clitandre, portant haut la dague,
Le jarret ferme aux étriers,
Des Chevaliers grossit l'histoire.
(Nos Hercules & nos héros
De pareils jeux font leurs travaux.)

Son bras fûr obtient la victoire ;
Il enfile les fept anneaux :
Et fans fortir du même Temple,
Par fept fois il marche à l'honneur ;
Prenant Bayard pour fon exemple,
Et pour patron l'Amour-quêteur.
Arrêtez-vous ... Dragons, Autruches, ...
Ah ! fous ces traits connoiffez vous.
Tuteurs, Rivaux, Mamans, Epoux,
Gagnez ici des coqueluches :
Oh ! que durant tous ces beaux coups
On vous aura tendu d'embuches !
Hortenfe même à tant d'exploits
Ne peut refufer fon fuffrage :
Son cœur promet ... heureux préfage !
Clitandre a donc encor des droits.

Damon dans fes plaifirs plus calme
Veut s'illuftrer à moins de frais ;
Le Trou-Madame eft tout au près ;
Sans bruit il en cueille la palme.
Le génie heureux du Japon (1)
Contre le courroux des Hyades (2)

---

(1) La Tente Japonnoife qui procure au Public la commodité d'arriver au Sallon & au Café à couvert & fans pluie.

(2) Divinités qui préfident à la pluie & aux orages.

Étend au loin son Pavillon,
En ombrageant nos promenades.
Il pleut... on fuit,... il faut sauver
L'élégance d'une coëffure ;
Un peu d'eau pourroit enlever
Bien des charmes à la figure.
On a son teint à conserver.
Tout s'empresse & fuit sans mesure :
Certains Amours, enfans lutins,
Conduisent seuls cette aventure,
Pour faciliter leurs larcins.
Exerçant son œil & sa bouche,
Le jeune Armand tente un assaut,
D'un mouchoir saisit le défaut,
attaque une oreille farouche ;
Il faut l'entendre... on ne peut fuir ;
Bientôt l'audace fait plaisir.
Le sein est vu... le cœur se touche,
Et la pudeur meurt d'un soupir.

Tout près, sous ses changeans auspices
La mode étale tous ces riens :
Dont les Grâces sont inventrices ;
Qui des Belles font les délices :
Et dont l'Amour fait ses liens.
On vient,.. on se pousse... on admire...
C'est du cristal de roche en cœurs,

Ou la vanité fit écrire
Des chiffres de toutes couleurs :...
Emblêmes adroits . . . mais trompeurs.
Dans nos cœurs on ne peut rien lire.
Ce font des chaînes de cheveux ;
Des nœuds de rubans merveilleux ;
Nœuds coulans & chaînes caffantes ;
Ce font des plumes voltigeantes,
Même au foufle le plus léger ;
Comme on voit au moindre caprice
Varier, pour notre fupplice,
La tête qui doit s'en charger.
Ces fleurs font artificielles
Comme les feux de mille Amans.
Ne craignez rien, cœurs inconftans,
On n'y trouve point d'immortelles.
Ce font des moules à filets,
Filets où les cœurs vont fe prendre ;
Et puis de perfides lacets,
Seul efpoir des Amans parfaits,
Qu'à préfent l'on ne fçait que vendre.
Ou bien des touffes de faveurs
Que couvrent des gazes légeres ;
Ou ces ceintures que n'a güeres
Deffina la mère d'Amour
Sur le modèle de la fienne ;

Et dont marche, ornée à son tour,
La Lévite Parisienne.

Quelques songes-creux importans,
Connoisseurs trop climactériques,
Dans un coin bavardent leurs plans
sur les goûts, les piéces du tems,
Et sur les affaires publiques.
Ils annoncent de sûrs revers
Pour l'Etat & pour la Redoute;
Et le nigaud qui les écoute
Hume à longs traits tous leurs travers.
Mais la fortune malhonnête,
Sans égards pour leur bonne tête,
Qui fit tous ces profonds calculs,
Poursuit par-tout l'Anglais sur l'onde;
A la Foire appelle le monde,
Et rend, comme eux, leurs arrêts nuls.
Cependant la nuit de ses aîles
Noircit la terre & ce séjour.
De vingt mille étoiles nouvelles
L'art vient l'éclairer à son tour;
C'est-là vraiment le jour des Belles.
La jeunesse va s'exercer
A l'amusement de la danse :
Tandis que pour la voir danser
Le vieillard se place en silence

Dans la galerie où Munick,
De fa magie offrant l'aifance,
fixe tous les yeux du public.
Ainfi fur la tendre fougere,
Les Immortels du haut des cieux
Regardent d'un œil curieux
Danfer la Nymphe & la Bergere,
Au coin d'un bois religieux :
Qu'ils livrent au double myftere
Des cœurs amans, des cœurs pieux :
Ne craignons point de leur déplaire,
Nos plaifirs amufent les Dieux.

L'inftant approche ; ô jour funefte !
Où ces beaux lieux fe fermeront.
Les ris vont fuir, le defir refte ;
Et les Amours en pleureront.
Adieu donc, retraites charmantes,
Adieu, délicieux féjour ;
Que les heures vont être lentes
En attendant votre retour. !

F I N.